En moderne nummer et

Lasse Thang Jørgensen

En moderne nummer et

Forlag: BoD • Books on Demand GmbH, In de Tarpen

42, 22848 Norderstedt, Tyskland

Tryk: Libri Plureos GmbH, Friedensallee 273, 22763

Hamborg, Tyskland

ISBN: 978-87-4305-558-7

Barnlig

Barnligt jeg står.

Følelser jeg ikke vil anerkende.

Tanker der udløser selvdestruktion.

Tanker jeg vil gøre til handling.

Mange år er gået.

En dag det ændre vil.

En dag bliver jeg voksen.

En dag vil jeg acceptere.

En dag bliver jeg voksen.

Ubehageligheder vil en dag forgå.

Forgå til fortiden det vil.

En del af mig altid det vil være.

Bjergtop

På en bjergtop jeg sidder.

Kigger over på de andre.

Snedækket og majestætisk.

Højt over skyer jeg er.

Vinden suser blidt her oppe.

Hører bladende der snakker.

Grene der krammer hinanden.

Kroner der myldrer af liv.

Solen går så stille i dag.

Dens morgen rødme og smil.

Det gabende smil om aften.

Orange farver der hilser.

Fugle der kvidrer.

Små dyr der pusler.

Insekter der lever livet.

Roen her oppe er larmende.

Sidder på balle jeg gør.

Med lukket øjne jeg ser.

Mærker den indre ro.

Hører hjertets rytme.

Højt her oppe jeg er.

I harmoni jeg vil være.

I balance jeg vil være.

Her oppe har jeg mig selv.

Byen

Byen drukner stjernerne.

Månelyset er blevet svagt.

Larmende by døgnet rundt.

Oser og oser dagen lang.

Snavs og skidt flyder rundt.

Dyr der smider og griser.

Lungerne hiver efter luft.

Stress de alle har.

De mener de har en skov i midten.

Det er blot fire træer og en busk.

En vandpyt er ikke en sø.

Fugleskrig er ikke sang.

De brændte broer

De brændte broer lyser byen op.

Røgen fortæller historier der nu blot er minder.

Ungdommen der sluttede hurtigt og hårdt.

En evig jagt der ingen ende havde.

Altid på flugt fra den virkelige verden.

Væsker og ild i rigelige mængder.

Små hunde der troede de var store som bjørne.

Lystrede kun egne tanker og ord.

Et valg der vil føre til deres fald.

Bål og brand det altid endte i.

Opblæste egoer der fylder rummet.

Medmenneskelighed sat på pause, hvis ikke slået ihjel.

De brændte broer lyser byen op.

Dyr

Fuglene flyver højt.

Bange for at falde ej.

De må elske himlen.

Eller tager de den forgivet?

En løve flok på jagt.

Det måske de elsker.

Måske ingen nydelse.

Måske kun hungeren.

En haj blandt mange.

Stille den svømmer.

Slet ikke så farlige.

Bare nysgerrige.

Et hjerte af stål

Et hjerte af stål.

Rustet og krakeleret.

På jorden samler støv.

Nyt jern jeg søger.

Smelteovn jeg søger.

Et liv der var vildt.

Forspildt men læreridt.

Nu venter det ukendte.

På ny jeg lære igen.

Omskoling er svær.

En hunger der søger.

Nyt jern at bygge med.

Et nyt i bytte for et gammelt.

For jern er sjældent.

Tosomhed vil være godt.

Et lille

En sol så bleg.

Bleg som sne.

Sne der daler.

Daler vi nu.

Nuet går stille.

Stille er skoven.

Skoven der blomstrer.

Blomster vi gør.

Flaske

Flasken kigger op.

Den ser ikke meget.

Den kigger tilbage.

Ser andre tomme flasker.

Et askebæger i det fjerne.

En top der ikke kan være større.

Mennesker der smiler og ler.

Andre flasker den ser.

I det mindste er den elsket.

Gamle historier

Blid som en rosenrød storm.

Varm som den dalende sne.

Vandrer jeg gennem bjerge.

Mod gamle eventyr.

Imod strømmen jeg løber.

Igennem høje dale.

Med røg som kendetegn.

Ser jeg blå dybe kister.

Forsvundne abstinenser.

Overtrukket kærlighed.

Lystige paralleller.

Overtrukket raseri.

Kold sommersol.

Fugtig ørken.

Tørre oceaner.

Lave bjergtinder.

Alt i denne her verden,

Kan ej glæde give.

Jeg fortsætter mod bunden.

Helt uden fortrydelse.

Flyver med vinger af glas.

Skoldhed kærlighed.

Hede kys i skyggerne.

Ensom korsvej.

I mangfoldige drømme.

Drømmer du og jeg.

Lykkeligt om os to.

Helt uden mareridt.

Til verdens ende.

Få sekunders nydelse.

Korte årstider.

Med lyse vinter nætter.

En enkelt billet.

Med forsvundne følelser.

Vandrer alene.

Mod nye mål og drømme.

Ukendte rytmer.

Glemte dansetrin.

Forbudte lyster.

Lovløs med glæde.

Helt der oppe på toppen.

Rør jeg de hårde skygger.

Lander på den bløde jord.

Udtørret øjne fortæller alle historierne.

Gammel fortid

Vader gader øde.

Vinter mørket raser.

Vinden der flænser.

En cigaret der varmer.

En flaske blandt mange.

Er der mund liv helt her ude?

Her ude hvor mørket hersker.

Hvor alt lys for længst er spist.

Hvor håb engang levede.

Måske håbet vender tilbage.

I det kaotiske mørke.

Mærker jeg intet.

Sønderrevet sjæl.

Et hjerte af skrøbelig sne.

Lever jeg rigtigt?

Hvor langt

Jeg lukker mine øjne i.

Kun for at se mit liv passere forbi.

Starter ugen med at brænde byen ned.

Kun for at party crashe den næste morgen fest.

Hvor langt vil du gå for evig ungdom?

Jeg var naiv, vadede rundt i illusioner.

Ikke bevidst at såre dig til ukendelighed.

Et sekund, og alt forsvinder for evigt.

Et brudt løfte kan ikke ændres til det bedre.

Hvor langt vil du gå for at slippe for smerte?

Elsk mig nu, tag min hånd.

Før morgensolen fylder mig med synder.

For en engel bliver jeg aldrig.

Så tag min hånd hvis du vil se mine drømme.

Født helt der oppe uden glorie.

Så forbandet ensom, omringet af genfærd.

Jeg har set lyset uden frygt.

Jeg vil tag hele turen igen.

Hvor langt vil du gå for at blive høj på det frie liv?

Jeg gik fra ukendt til legende og tilbage igen.

Det helt okay, for jeg er afhængig af modgang.

Kun med knust hjerte kan man gå hele vejen.

Frihed er en ting du aldrig kan tag fra mig.

Hvor langt vil du gå for frihed?

Elsk mig nu, tag min hånd.

Før morgensolen fylder mig med synder.

For en engel bliver jeg aldrig.

Så tag min hånd hvis du vil se mine drømme.

I skoven jeg vandrer

I skoven jeg vandrer.

Nyder skovens ro.

Fugle der kvidrer.

Blade der hvisker.

Mus der løber rundt.

Skridt efter fulgt af skridt.

Tasken er dejlig let i dag.

Det ukendte er altid et eventyr.

Nye lugte.

Nye billeder på nethinden.

En skovsø så fin.

Et væltede træ.

Den perfekte bænk.

Naturen nyder sig selv.

En ro som ingen andre steder.

Små fisk der svømmer rundt.

Frøer der nyder dagen.

Fugle der får en kold.

Mus der fanger insekter.

Her sidder jeg og nyder min mad.

Sekunder der blev til en dag.

Ud af skoven jeg ej vil.

Roen i sindet og kroppen.

Den bedste medicin mod byen.

Her er mit fristed for altid.

Kanonerne sover

Kanonerne sover stille.

Stille er slagmarken

Fortiden sover lige her.

En rose på hver en grav.

Kanonerne sover stille.

Så mange vågne timer.

Evigheden fødtes her.

Kanonerne sover stille.

Larmen er stille for nu.

En solstråle i mørket.

Kanonerne sover stille.

Livets evige gang

Blomster der flyver.

Regn der graver.

Blade der forgår.

Sol der varmer.

Vinden der frisker.

Sneen der daler.

Slud der ligger.

Vandpytter der svømmer.

Træer der gror.

Yngletiden kommer.

Fuglemigration der kommer.

Dyrenes cyklusser.

Havet der tysser.

Bølger der skulper.

Havdyr der sover.

Land dyr der jæger.

Fugle der svæver.

Insekter der blomstrer.

Livets evige gang.

Militær

Kanonerne var tidligt oppe med en morgen cigaret.

Kampvogne slubrede den sidste kaffe.

Bombeflyverne smed søvnigt bomberne.

En svingende helikopter der var sent oppe.

Et slagskib der havde sovet over sig.

Et hangarskib der var forkølet.

Musik

Musik er som moder jord.

Elegant og diversitet.

Bløde sandstrande.

Hårde bjerge.

Bølgende som bølger.

Et ocean af muligheder.

Nydelse som en afhængighed.

Både gammelt og nyt.

Musik er som moder jord.

Naturens musik

Musik.

Vi tror det er mennesket der skabte musik.

Men det er naturen som altid har haft rytmen.

Da vinde hyllede på den spæde jord.

Da vandet kom og skabte bølgende brus.

Livet i ur havet der snakkede.

Senere kom blomster og træer.

Livet fulgte med udviklingen.

Vi gav blot ord på naturens rytme.

Vi lærte at lave vores egen lyde.

Men i sidste ende, så er det moder jord der kom først.

Skov sø

I en lille sø jeg sidder.

Under et lille vandfald.

Mærker blid vand over mig.

En rislende rolig lyd.

Skoven der omringer mig.

Livet der går sin gang.

Blomster der kigger beundrende.

Sjældent et menneske er her.

Vandet er lunt og blødt.

Rislende ren det er.

Skylder mig med sindsro.

En vask der giver balance.

Øjne lukket, hovedet stille.

Tanker der hvisker blidt.

Tid til fordybelse.

Tid til egen omsorg.

Tanker

Tanke mylder.

Tanke kaos.

Tanke knuder.

Tanke cirkler.

Kørende tanker.

Løbende tanker.

Gående tanker.

Spurtende tanker.

Langsomme tanker.

Slowmotion tanker.

Kolde tanker.

Varme tanker.

Lyse tanker.

Mørke tanker.

Håbefulde tanker.

Pessimistiske tanker.

Positive tanker.

Optimistiske tanker.

Negative tanker.

Mystiske tanker.

Gådefulde tanker.

Guddommelige tanker.

Dæmoniske tanker.

Hårde tanker.

Bløde tanker.

Tanker har mange former.

Altid de er her og der.

 Holder os ved selskab.

Om vi vil eller ej.

Tanker er ikke farlige.

Kun når vi vil handle på dem.

Tanker er tanker.

Ordløse ord.

Ord der er stile.

Ord der hvisker.

Ord som er ordløse.

Uge

En uge er syv dage lang.

Mandag, tirsdag onsdag.

Torsdag, fredag, lørdag og søndag.

Det giver syv dage i alt.

mandag til torsdag er lang.

Torsdag må man godt lidt.

Fredag før tid man starter.

Lørdag er fuld optaget.

Søndag tager man det sidste.

En uge er lang.

Især med mange dage uden sjov.

En cyklus jeg har.

Er det vane eller afhængighed?

Årstider

Jeg ser roser så røde.

Jeg ser himlen så blå.

Jeg ser lyse nætter der kommer.

Drømme der fødes på ny.

Vinteren ej glemt.

De kolde nætter.

Mørke der sluger.

Visnede drømme.

Blade så grønne som blade.

Forårets lunefulde humør.

Ligger altid op til dans.

En forårs dans i det blå.

En sommer der blev forlænget.

Blade der daler i det lune.

Alle danser vi i det blå.

Minder der vil hænge ved.